takami jun

高見 順

講談社 文芸文庫

目次

死の淵より　二九

I

死者の爪　三〇
三階の窓　三三
ぼくの笛　三四
帰る旅　三七
汽車は二度と来ない

死の扉　元
泣きわめけ　言〇
赤い実　三一
突堤の流血　三三
渇水期　言四
不思議なサーカス　吴
魂よ　豐

II

青春の健在　五一
電車の窓の外は　吾四

生と死の境には　五七
みつめる　五九
小石　六〇
愚かな涙　六二
望まない　六三
花　六四
夢に舟あり　六六
黒板　六八
文士というサムライ　七〇
ハヤクオイデヨ　七三

巻貝の奥深く　七五
荒磯　七六

III

陽気な鬼　八三
黒くしめった　八六
円空が仏像を刻んだように　八八
洗えと言う　九〇
庭で（一）　九二
過去の空間　九四
車輪　九八

血だらけの手　九九
耳のある自画像　一〇〇
明治期　一〇三
大正末期　一〇四
昭和期　一〇五
讃歌　一〇六
巡礼　一〇七
おれの食道に　一一三
庭で（二）　一一八

「死の淵より」拾遺

おそろしいものが　一二五
この埋立地　一二八
心のけだもの　一三〇
心の部屋　一三二
抜け毛　一三三
執着　一三五
砂　一三六
水平線の顔　一三九
夜の水　一四一

ケシの花　一四四
「わが埋葬」以後　一五一
奴の背中には　一五三
まだでしょうか　一五五
揺れるブランコ　一五七
醜い生　一五九
告白　一六一
恥　一六三
オルガン

ラムネの玉　一六五
とびきり上等なレッテル　一六六
失われたタヌキ　一六九
老いたヒトデ　一七三

解説　井坂洋子　一七六
年譜　宮内淳子　一八六
著書目録　保昌正夫　一九八

死の淵より

死の淵より

I

食道ガンの手術は去年の十月九日のことだから早くも八ヵ月たった。この八ヵ月の間に私が書きえたものの、これがすべてである。まだ小説は書けない。気力の持続が不可能だからである。詩なら書ける――と言うと詩はラクなようだが、ほんとは詩のほうが気力を要する。しかし持続の時間がすくなくてすむのがありがたい。二三行書いて、あるいは素描的なものを一応書いておいて、二三日おき、時には二三週間、二三ヵ月おいて、また書きつゞけるという工合にして書いた。

千葉大の中山外科から十一月末に退院した。手術後の病室で書かれた形の詩をこのIに集めた。形のというのは病室で実際に書いた詩ではないからだ。手術直後にとうてい書けるものではない。気息えんえんたる状態のなかでそれは無理だ。しかし枕もとのノートに鉛筆でメモを取った。それをもとにして退院後書いたのが、これらの詩である。そこでやはり病室での詩ということにした。

肋膜の癒着もあったせいか、手術はよほどヘビイなものだったらしく三時間近くかかった。爪にガクンとあとが残り、それが爪がのびるとともに消えるのに半年近くかかった。詩が書けはじめたのは（さきに退院後と書いたが実際は）その半年すこし前のことである。

「死の淵より」という題の詩をひとつ書こうと思ったのだが、できなかった。できたら、それを全体の詩群の題にしようと思っていた。それはできなかったのだが、全体の題に残すことにした。

（昭和三十九年六月十七日、再入院の前日）

死者の爪

つめたい煉瓦《れんが》の上に
蔦《つた》がのびる
夜の底に
時間が重くつもり
死者の爪がのびる

三階の窓

窓のそばの大木の枝に
カラスがいっぱい集まってきた
があがあと口々に喚《わめ》き立てる
あっち行けとおれは手を振って追い立てたが
真黒な鳥どもはびくともしない
不吉な鳥どもはふえる一方だ
おれの部屋は二階だった
カラスどもは一斉《せい》に三階の窓をのぞいている

何事かがはじまろうとしている
カラスどもは鋭いクチバシを三階の部屋に向けている
それは従軍カメラマンの部屋だった
前線からその朝くたくたになって帰って
ぐっすり寝こんでいるはずだった
戦争中のラングーンのことだ
どうかしたのだろうか
おれは三階へ行ってみた

カメラマンはベッドで死んでいたのだ
死と同時に集まってきたのは
枝に鈴なりのカラスだけではなかった
アリもまたえんえんたる列を作って
地面から壁をのぼり三階の窓から部屋に忍びこみ
床からベッドに匍いあがり

22

死んだカメラマンの眼をめがけて
アリの大群が殺到していた

おれは悲鳴をあげて逃げ出した
そんなように逃げ出せない死におれはいま直面してい
る

さいわいここはおれが死んでも
おれの眼玉をアリに襲われることはない
いやなカラスも集まってはこない
しかし死はこの場合も
終りではなく　はじまりなのだ
なにかがはじまるのである

ぼくの笛

烈風に
食道が吹きちぎられた
気管支が笛になって
ピューピューと鳴って
ぼくを慰めてくれた
それがだんだんじょうずになって
ピューヒョロヒョロとおどけて
かえってぼくを寂しがらせる

帰る旅

帰れるから
旅は楽しいのであり
旅の寂しさを楽しめるのも
わが家にいつかは戻れるからである
だから駅前のしょっからいラーメンがうまかったり
どこにもあるコケシの店をのぞいて
おみやげを探したりする

この旅は
自然へ帰る旅である
帰るところのある旅だから
楽しくなくてはならないのだ
もうじき土に戻れるのだ
おみやげを買わなくていいか
埴輪や明器《めいき》のような副葬品を

大地へ帰る死を悲しんではいけない
肉体とともに精神も
わが家へ帰れるのである
ともすれば悲しみがちだった精神も
おだやかに地下で眠れるのである
ときにセミの幼虫に眠りを破られても
地上のそのはかない生命を思えば許せるのである

古人は人生をうたかたのごとしと言った
川を行く舟がえがくみなわを
人生と見た昔の歌人もいた
はかなさを彼らは悲しみながら
口に出して言う以上同時にそれを楽しんだに違いない
私もこういう詩を書いて
はかない旅を楽しみたいのである

汽車は二度と来ない

わずかばかりの黙りこくった客を
ぬぐい去るように全部乗せて
暗い汽車は出て行った
すでに売店は片づけられ
ツバメの巣さえからっぽの
がらんとした夜のプラットホーム
電灯が消え
駅員ものこらず姿を消した

なぜか私ひとりがそこにいる
乾いた風が吹いてきて
まっくらなホームのほこりが舞いあがる
汽車はもう二度と来ないのだ
いくら待ってもむだなのだ
永久に来ないのだ
それを私は知っている
知っていて立ち去れない
死を知っておく必要があるのだ
死よりもいやな空虚のなかに私は立っている
レールが刃物のように光っている
しかし汽車はもはや来ないのであるから
レールに身を投げて死ぬことはできない

死の扉

いつ見てもしまっていた枝《し》折戸《おりど》が草ぼうぼう
のなかに開かれている　屍臭がする

泣きわめけ

泣け　泣きわめけ
大声でわめくがいい
うずくまって小さくなって泣いていないで
膿盆《のうぼん》の血だらけのガーゼよ
そして私の心よ

赤い実

不眠の
樹木の充血
患者の苦しみの
はじまる暁
赤いザクロの実が割れる

（「赤い風景画」1）

突堤の流血

突堤の
しぶきの白くあがる尖端《せんたん》の
灰色のコンクリートにこびりついた
アミーバ状の血

寄せてはくだける波も
それがいくら努力しても
そこを洗うことはできない

そこに流された血は
そこでなまぐさく乾かされる
波にかこまれながら
ゆっくりと乾かされねばならぬ

（「赤い風景画」2）

渇水期

水のない河床へ降りて行こう
水で洗ってもよごれの落ちない
この悲しみを捨てに行こう
水が涸れて乾ききった石の間に
何か赤いものが見える
花ではない　もっと激烈なものだが
すごく澄んで清らかな色だ
手あかのついた悲しみを

あすこに捨ててこよう

（「赤い風景画」3）

不思議なサーカス

病室へ来る見舞い客は
だれでも、口のところに口があり
鼻のところに鼻があり
眼のところに二つの眼がある
当り前とは言え不思議である
悲しみとのつきあいに私はあきた
当り前すぎるつきあいがいやになった
そのためこんな当り前でないことを考えるのか

人間の顔はどうしてこうみんな当り前なのだ
眼が一つで口が二つの人間はいないのか

当り前でない死　あるいは殺人
不思議でない殺人　あるいは死が
今どこかで行われていることを考える
私のガンはそのいずれに属するか
私という人間が死ぬのに不思議はないが
私のガンは当り前でない殺人とも考えられる
私もさんざいろんなことをしてきたが殺人は
不思議でないそれも当り前でないそれもいずれもして
　いない
人を殺すことのできなかった私だから
むしろ不当に殺されねばならぬのか

私に人殺しはできぬ

しかし自分を殺すことはできそうだ
ほとんどあらゆることをしてきた私も
自殺だけはまだしていない
自殺の楽しみがまだ残されている
どういうふうに自殺したらいいか
あれこれ考える楽しみ
不思議な楽しみに私はいま熱中している
当り前でない楽しみだが
私にとっては不思議でない楽しみだ

病室の窓にわたした綱に
悲しみが
ほし物バサミでつるされている
なんべんも洗濯された洗いざらしの悲しみが
ガーゼと一緒にゆれている
ガーゼよりももっと私の血を吸った悲しみ

私はいま手に入れたばかりの楽しみを
あの悲しみのように手離すことを
ここしばらくは決してすまい
それは手離しがたい楽しみだからでもある

あらゆることをしてきた私は
いろいろの楽しみの思い出がある
玉の井の女にほれてせっせと通ったのは二十いくつの
　時だったたか
あれは今から思うと悲しみを買いに行ったようなもの
　だ

楽しみと思っていたものがすべて
実は悲しみだったとも考えられる
今度こそほんとの楽しみだ
自殺を考えることが
悲しみでなくほんとの楽しみであるようにするために

不思議な自殺法をあれこれと考えよう

私の友人は何人かすでに自殺している
思想に破れ首つりをした友人小沢
私たちの心を暗くした悲惨な自殺だった
奇型みたいに頭でっかちの男だった
自分の独特さ非凡さを誇るために
ひとのできない自殺をしてみせた友人久木村
軍人の息子でびっこだった
これは惨めな自殺でなかったとは言え
自殺の方法は独特ではなかった
独特でなくてもせめて不思議な方法はないか

窓ガラスをぶちこわし
黒いカラスの群を呼び入れようか
鞭を鳴らして実験用の犬どもを

サーカスの白い馬のように
窓をくぐらせこの部屋に闖入させようか
もはや鞭をして私自身を鞭打つことに使わせてはならぬ
狂乱の犬をぞくぞくと走りこませ
屍肉をついばむカラスと一緒に
私の自殺と一見関係がないような
不思議なサーカスをやらせたら面白いが

人生がすでに不思議なサーカスだ
人生のサーカスは誰の場合もすべて
不思議な人生でも当り前の人生でも死をもって閉じられる
そこにサーカスのような拍手はない
不思議な自殺で私は拍手をもとめようとしているのか
当り前でない死を自分でそうして慰めようとしている

のか
耳が左右二つでもそれで人間の耳であるように
殺人といえどもその死はすべてひとつの当り前の死な
のだ
当り前の死になってしまう前に
せめて自殺の楽しみをひとりで楽しまねばならぬ

魂よ

魂よ
この際だからほんとのことを言うが
おまえより食道のほうが
私にとってはずっと貴重だったのだ
食道が失われた今それがはっきり分った
今だったらどっちかを選べと言われたら
おまえ　魂を売り渡していたろう
第一　魂のほうがこの世間では高く売れる

食道はこっちから金をつけて人手に渡した
魂よ
生は爆発する火山の熔岩のごとくであれ
おまえはかねて私にそう言っていた
感動した私はおまえのその言葉にしたがった
おまえの言葉を今でも私は間違いだとは思わないが
あるときほんとの熔岩の噴出にぶつかったら
おまえはすでに冷たく凝固した熔岩の
安全なすきまにその身を隠して
私がいくら呼んでも出てこなかった
私はひどい火傷《やけど》を負った
おまえは私を助けに来てはくれなかった
幾度かそうした眼に私は会ったものだ
魂よ
わが食道はおまえのように私を苦しめはしなかった
私の言うことに黙ってしたがってきた

おまえのようなやり方で私をあざむきはしなかった
卑怯とも違うがおまえは言うこととすることとが違う
のだ
それを指摘するとおまえは肉体と違って魂は
言うことがすなわち行為なのであって
矛盾は元来ないのだとうまいことを言う
そう言うおまえは食道がガンになっても
ガンからも元来まぬかれている
魂とは全く結構な身分だ
食道は私を忠実に養ってくれたが
おまえは口さきで生命を云々するだけだった
魂よ
おまえの言葉より食道の行為のほうが私には貴重なの
だ
口さきばかりの魂をひとつひっとらえて
行為だけの世界に連れて来たい

そして魂をガンにして苦しめてやりたい
そのとき口の達者な魂ははたしてなんと言うだろう

II

　ここの詩は入院直前および手術直前に属するもので、本当はIの前に掲げるべきものである。順序が逆なのだが、それをなぜIの次にしたか、自分でもよくわからない。自分の気持としてそうしたかったからだが、詩のできがIのほうがいいと思えるのでそれをさきに見てもらいたいという虚栄心からかもしれぬ。「みつめる」「黒板」「小石」「愚かな涙」「望まない」などは当時ほとんど即興的に書き流したままの詩で、のちの手入れがほどこされてないので、発表のはばかられる稚拙と自分で気がさしているのかもしれぬ。「青春の健在」「電車の窓の外は」などは車中でのメモにもとづいて、のちに書いたものである。これは当時の偽らざる実感で、死の恐怖が心に迫ってきたのはあとからのことである。

青春の健在

電車が川崎駅にとまる
さわやかな朝の光のふりそそぐホームに
電車からどっと客が降りる
十月の
朝のラッシュアワー
ほかのホームも
ここで降りて学校へ行く中学生や
職場へ出勤する人々でいっぱいだ

むんむんと活気にあふれている
私はこのまま乗って行って病院にはいるのだ
ホームを急ぐ中学生たちはかつての私のように
昔ながらのかばんを肩からかけている
私の中学時代を見るおもいだ
私はこの川崎のコロムビア工場に
学校を出たてに一時つとめたことがある
私の若い日の姿がなつかしくよみがえる
ホームを行く眠そうな青年たちよ
君らはかつての私だ
私の青春そのままの若者たちよ
私の青春がいまホームにあふれているのだ
私は君らに手をさしのべて握手したくなった
なつかしさだけではない
遅刻すまいとブリッジを駆けのぼって行く
若い労働者たちよ

さようなら
君たちともう二度と会えないだろう
私は病院へガンの手術を受けに行くのだ
こうした朝　君たちに会えたことはうれしい
見知らぬ君たちだが
君たちが元気なのがとてもうれしい
青春はいつも健在なのだ
さようなら
もう発車だ　死へともう出発だ
さようなら
青春よ
青春はいつも元気だ
さようなら
私の青春よ

電車の窓の外は

電車の窓の外は
光りにみち
喜びにみち
いきいきといきづいている
この世ともうお別れかと思うと
見なれた景色が
急に新鮮に見えてきた
この世が

人間も自然も
幸福にみちみちている
だのに私は死なねばならぬ
だのにこの世は実にしあわせそうだ
それが私の心を悲しませないで
かえって私の悲しみを慰めてくれる
私の胸に感動があふれ
胸がつまって涙が出そうになる
団地のアパートのひとつひとつの窓に
ふりそそぐ暖い日ざし
楽しくさえずりながら
飛び交うスズメの群
光る風
喜ぶ川面《かわも》
微笑のようなそのさざなみ
かなたの京浜工場地帯の

高い煙突から勢いよく立ちのぼるけむり
電車の窓から見えるこれらすべては
生命あるもののごとくに
生きている
力にみち
生命にかがやいて見える
線路脇の道を
足ばやに行く出勤の人たちよ
おはよう諸君
みんな元気で働いている
安心だ　君たちがいれば大丈夫だ
さようなら
あとを頼むぜ
じゃ元気で——

生と死の境には

生と死の境には
なにがあるのだろう
たとえば国と国の境は
戦争中にタイとビルマの国境の
ジャングルを越した時に見たけれど
そこには別になにもなかった
境界線などひいてなかった
赤道直下の海を通った時も

標識のごとき特別なものは見られなかった
否　そこには美しい濃紺の海があった
泰緬《たいめん》国境には美しい空があった
スコールのあとその空には美しい虹がかかった
生死の境にも美しい虹のごときものがかかっているの
　ではないか
たとえ私の周囲が
そして私自身が
荒《あ》れはてたジャングルだとしても

みつめる

犬が飼い主をみつめる
ひたむきな眼を思う
思うだけで
僕の眼に涙が浮ぶ
深夜の病室で
僕も眼をすえて
何かをみつめる

小石

蹴らないでくれ
眠らせてほしい
もうここで
ただひたすら
眠らせてくれ

愚かな涙

耳へ
愚かな涙よ
まぎれこむな
それとも耳から心へ行こうとしているのか

望まない

たえず何かを
望んでばかりいた私だが
もう何も望まない

望むのが私の生きがいだった
このごろは若い時分とちがって
望めないものを望むのはやめて
望めそうなものを望んでいた

だが今はその望みもすてた
もう何も望まない
すなわち死も望まない

花

カトレアだとか
すてきなバラだとか
すばらしい見舞いの花がいっぱいです
せっかくのご好意に
ケチをつけるようで申しわけありませんが
人間で言えば庶民の
ごくありきたりの　でも　けなげな花
甘やかされず媚びられず

自分ひとりで生きている花に僕は会いたい
つまり僕は僕の友人に会いたいのです
すなわち僕は僕の大事な一部に会いたいのです

夢に舟あり

夢に舟あり
純白の帆なり
美しいかな
涙あふれる

風吹き来り波立ちて
そが美しき舟
波間に傾き没すると見えつつ

夢の外へと去りゆくをいかんせん

黒板

病室の窓の
白いカーテンに
午後の陽がさして
教室のようだ
中学生の時分
私の好きだった若い英語教師が
黒板消しでチョークの字を
きれいに消して

リーダーを小脇に
午後の陽を肩さきに受けて
じゃ諸君と教室を出て行った
ちょうどあのように
私も人生を去りたい
すべてをさっと消して
じゃ諸君と言って

文士というサムライ

豪傑という者がいたと
中野重治は詩に書いて
むかしの豪傑をたたえた
余もまた豪傑を礼讃する
余は左様　豪傑にあらず
されど文士というサムライなれば
この期《ご》に及んで
ジタバタ卑怯未練の振舞いはできぬ

さあ来い　者ども
いざ参れ　死の手下ども
殺したくば殺せ　切りたくば切れ
いさぎよく切られてやらぁ
余は剣豪小説の主人公のごとくに
汝らをエイヤアと退治《たいじ》ることはできぬ
逆に悪玉《あくだま》のようにバッサリと切られるであろう
そのいさぎよさを貴しとする
ただし切られても切られても
註文通りには死なないで
ハッタと汝らをにらみつけてくれよう
死神よ　汝のすることなすことを
余は執念《しゅうね》く見つづけるであろう
ここがむずかしいところだ
ただのサムライと違う文士の文士たるゆえんである
ざまア見ろ

これは汝でなく余が言うのである

ハヤクオイデヨ

オジサン　ハヤクオイデヨ
イッショニ　アソボウヨ
タケリンヤ　クラサン*ナンゾガ
イナイカラ　ツマンナイカナ
デモ　ココニハ　ニンゲンハ　イナインダ
ボクカイ?
クレバ　ワカルヨ
ニンゲンナゾ　イナイホウガ

ウルサクナクテ　ズットイイヨ
オジサンノスキナ　オケラガマッテルヨ
テントウムシヤ　カナブンブンモ　イッパイイルヨ
シンデテモ　ミンナ　ピンピンシテイル
ハヤクオイデヨ　オジサン

*親友の故武田麟太郎、詩人の故倉橋弥一

巻貝の奥深く

巻貝の白い螺旋《らせん》形の内部の　つやつや光ったすべすべ
したひやっこい奥深くに　ヤドカリのようにもぐりこ
んで　じっと寝ていたい　誰が訪ねてきても蓋《ふた》をあけ
ないで眠りつづけ　こっそり真珠を抱いて　できたら
そのまままちぢこまって死にたい　蓋をきつくしめて
奥に真珠が隠されていることを誰にも知らせないで

荒磯

ほの暗い暁の
目ざめはおれに
おれの誕生を思わせる
祝福されない誕生を

喜ばれない
迎えられない
私生子の

ひっそりとした誕生
死ぬときも
ひとしくひっそりと
この世を去ろう
妻ひとりに静かにみとられて

だがしーんとしたそのとき
海が岸に身を打ちつけて
くだける波で
おれの死を悲しんでくれるだろう
おれは荒磯《ありそ》の生れなのだ
おれが生れた冬の朝
黒い日本海ははげしく荒れていたのだ
怒濤に雪が横なぐりに吹きつけていたのだ

おれが死ぬときもきっと
どどんどどんととどろく波音が
おれの誕生のときと同じように
おれの枕もとを訪れてくれるのだ

III

自宅に帰ってからの詩である。はじめはベッドに寝たきりだったが、だんだん庭に出たり近くを散歩するようになった。気持や考えもすこしずつまた変ってきた。一方、心境の明暗の度合いのはげしくなったところもあり、自己から離れた詩の書ける時もあった。

安東次男は詩は老年の文学であると書いていた。私にとって詩は正に老年の文学である。私の詩の実際は、安東次男の言う老年の文学とは違うかもしれぬが、詩が青春の文学だけでないのは、私のためにも詩のためにも仕合わせである。

ごく若い頃に私も詩を書いたが、小説を書きはじめるようになってから、ふっつりやめた。散文精神に有害であり有毒であると思ったからだが、やがてその間違いに気づき四十になってからふたたび自己流の詩作に戻り、今日に至っている。正に老年の文学である。

陽気な鬼

茶碗のふちを箸でたたくな
餓《が》鬼《き》がやってくる
大事なごはんを餓鬼に食われる
幼児の私に祖母が言った

食後静かに横たわった
今は年老いた私のところへ
奇妙な鬼どもがやってきた

なんの物音も立てはしなかったのに
外には雪が降っている
雪に足跡を残さず
足も濡らさずに庭から
私の部屋にはいってきた

小肥りした鬼どもは
顔の色艶もよく餓えてなどいない
きっと私なんかよりずっといい暮らしをしているのだ
病み衰えた私のほうが餓鬼のようだ

何をしに来たのだろう
私を慰めに来たのか
こんな陽気な鬼のほうが
骨と皮の餓鬼よりむしろ気味が悪い

私のベッドのまわりでツイストをはじめた
箸で私の肋骨をシロホンがわりにたたいて
音が悪いと
食道のない私の胸に耳を当てたりした

するうちなににおびえたのか
鬼どもは一斉にキャーッと叫んで
部屋からあたふたと飛び出した
否　私から一目散に逃げ出した

黒くしめった

黒くしめった雲の影が芝生をよぎった
そのとき私の眼の前を
スッポンのごときものがよこぎった
それはなぜスッポンであらねばならぬのか
間もなく室内のベッドの上の私の胸の上を
差すはずのない雲の影がゆっくりとよぎった
みるみる私は萎《な》えて行った
あれはやっぱりスッポンだったのだ

直ちに首をちょん切られ血をしぼられるスッポンだっ
たのだ

円空が仏像を刻んだように

円空が仏像を刻《きざ》んだように
詩をつくりたい
ヒラリアにかかったナナ（犬）が
くんくんと泣きつづけるように
わたしも詩で訴えたい
カタバミがいつの間にかいちめんに
黄色い花をつけているように
わたしもいっぱい詩を咲かせたい

飛ぶ鳥が空から小さな糞《ふん》を落とすように
無造作に詩を書きたい
時にはあの出航の銅鑼《どら》のように
詩をわめき散らしたい

洗えと言う

洗えと言う
くさい息をふっかけて
けだものが
毛もくじゃらのノミだらけの足を出して
人間のおれに命令する

よろしい
やってやる

なんでも言うことをきいてやる
そのかわり　けだものよ
おれもたけだけしいけだものにしてくれ

庭で（一）

一

草の実

小さな祈りが葉のかげで実っている

二

祈り

それは宝石のように小さな函《はこ》にしまえる　小さな心に
もしまえる

三

カエデの赤い芽
空をめざす小さな赤い手の群《むれ》　祈りと知らない祈りの
姿は美しい

過去の空間

手ですくった砂が
痩せ細った指のすきまから洩れるように
時間がざらざらと私からこぼれる
残りすくない大事な時間が

そのかわり私の前にいくら君が立ちはだかっても
死の世界にしては明るすぎる向うの景色が丸見えだ
そのかわり君が敵か味方か私にはわからないが

なぜ君は君の見ている景色を私に見せまいとするのか

たしかに死の世界ではないのだ
しかしそこに人はひとりも存在しない
かつては客が大勢いたらしいのに今は去って
そのかわりたくさんの盃《さかずき》がにぎやかに残されている

飲み残しの酒を今なおたたえた盃
その周囲にからの盃が倒れている
杯盤狼藉《はいばんろうぜき》のわびしい華やかさ
ころがっている盃のほうが多いのだ

私にははっきりわかるのだが
からの盃は盃が倒れたので酒がからになったのではない
人がぞんぶんに飲みほしたのち盃を投げたのだ

乾盃のあと床にたたきつけられた盃もある
なぜあと片づけをしないのだろう
宴のはじめはさぞかし楽しかったにちがいない
楽しさがまだ消えやらず揺曳《ようえい》しているのを
その場に残すためそのままにしてあるのか

その楽しさはすでに過去のものだ
しかし時間が人とともに消え去っても
過去が今なお空間として存在している
私という存在のほかに私の人生が存在するように

楽しそうでほんとは惨憺たる過去の景色を
君は私の味方として私に見せまいとするのか
それとも私の敵として過去の楽しさすら拒みたいのか
君は私の過去とは別に存在する私の作品なのか

景色は次第に夕闇に包まれて行く
砂上に書かれた文字が崩れるように
すべての盃も姿を消して行き
時間の洩れる音だけがいそがしく聞えてくる

車輪

日当りのいい
しあわせな場所で
車輪が赤く錆びて行く
小さい実がまだ熟さないまま枝から落ちたがっている
球根はますます埋没したがっている

(「赤い風景画」4)

血だらけの手

赤インキでよごれている手　過去の校正ばかりしている手
赤インキのかわりに彼はいま彼みずからの血を使っている

耳のある自画像

ピエールはピギャール広場で友人を刺した
近頃羽ぶりをきかせいばっていた友人を
二人はモンマルトルのやくざだった
ピエールは一躍男をあげた
同じときパリから離れた田舎のアルルで
ゴッホは自分の耳をかみそりで切りとった
友人のゴーギャンと口争いをして負けたのだ
ゴッホの傑作が一番生れたアルル時代のことだ

ピエールのようにゴーギャンを刺すことはできなかった
ピエールとちがって卑怯なめめしさだと笑われ
狂気のせいだとも診断されたが
ゴッホはやくざでなく画家だったのだ
のちにゴッホは片耳のない自分をみつめて自画像を描いた
卑怯な男ではなかった証拠だ
ゴッホの画は生涯に一度しか売れなかった
売れる画を描こうとしなかったのも卑怯でなかったせいだ
T君よ　君は好運だ
君の耳は健在だし
ノイローゼになってもゴッホのように死なないですんだし
小説を売って今日まで生きながらえることができた

さらに幸いなことに君はやくざのピエールでもなかった

明治期

旗行列の小学生が手に手に振っている日の丸の赤イン
キが雨ににじみ　よそゆきのハカマのうしろに泥が
いっぱいはねあがっていた

大正末期

少女の髪は火薬のにおいがして　わがテロリストの手のスミレがしおれていた

昭和期

姐《ねえ》さんはこう言ってました　芸は売っても　身は売らぬ　あたしはオヒゲのお客に言いました　身は売っても　芸は売りません

讃歌

あなたの頭上に飾られた讃歌がいまタンポポの種子の
ように飛び散って行く
春が来たからである

巡礼

人工食道が私の胸の上を
地下鉄が地上を走るみたいに
あるいは都会の快適な高速道路のように
人工的な乾いた光りを放ちながら
のどから胃に架橋されている
夜はこれをはずして寝る
そうなると水を飲んでももはや胃へは行かない
だから時には胃袋に睡眠薬を直接入れる

口のほかに腹にもうひとつ口があるのだ
シュールリアリズムのごとくだがこれが私の現実である

私にまだ食道があった頃
東パキスタンのダッカからB・O・A・C機で
インドのカルカッタへ飛んだ
機上から見たガンジス河のデルタ地帯は
超現実派の画のように美しかった
太古から流れてやまない大河の
河口のさまざまな支流が地上に描く
怪奇でモダンな線
現実の存在とは思えぬさまざまな微妙な色
自然はひと知れずその内部にシュールリアリズムを蔵している のだ

カルカッタから私はブッダガヤへ行った
釈迦がその木かげで悟りを開いた
菩提樹が今なおうっそうと繁っていた
その葉を一枚私はみやげにつんだ
チベットから歩いて来たという巡礼団がいた
暑いインドなのに黒衣をきつく身にまとっていた
黄色い衣《ころも》を着たビルマの僧侶もいた
私にはなつかしいヒナヤーナ僧の姿だ
私は戦争中ビルマに一年いた
しばしば私はラングーンのシュウェ・ダゴン・パゴダ
　に詣でた

金色にかがやく仏塔の下で
大理石の仏像に合掌して眼をとじていると
暑さのためもうろうとなった頭が
日かげの風で眠けをもよおし

ノックアウトされたボクサーの昏睡に似た
一種の恍惚状態に陥ったものだ
暑熱がすごい破壊力を発揮しているそこの自然は
眼に見える現実としての諸行無常を私に示し
悟りとは違うあきらめが私の心に来た
蓮の花の美しさに同じ私の心が打たれたのもこの時だ

仏に捧げるその花はこの世のものと信じられぬ美しさ
だった
人工的な造花とは違う生命の美
しかも超現実の美を持っている
まさに極楽の花であり仏とともにあるべき花だ
それが地上に存在するのだ
涅槃《ねはん》がこの地上に実現したように
おおいま私は見る
涅槃を目ざして

私の人工食道の上をとぼとぼと渡って行く巡礼を
現実とも超現実ともわかちがたいその姿を私は私の胸
に見る

おれの食道に

おれの食道に
ガンをうえつけたやつは誰だ
おれをこの世にうえつけたやつ
父なる男とおれは会ったことがない
死んだおやじとおれは遂にこの世で会わずじまいだった
そんなおれだからガンをうえつけたやつがおれに分らないのも当然か

きっと誰かおれの敵の仕業にちがいない
最大の敵だ　その敵は誰だ

おれは一生の間おれ自身をおれの敵としてきた
おれはおれにとってもっとも憎むべき敵であり
もっとも戦うに値する敵であり
常に攻撃しつづけていたい敵であり
いくらやっつけてもやっつけきれない敵であった
倒しても倒しても刃向《はむか》ってくる敵でもあった
その最大の敵がおれに最後の復讐をこころみるべく
おれにガンをうえつけたのか

おれがおれを敵として攻撃しつづけたのは
敵としてのおれがおれにとって一番攻撃しやすい敵だ
　ったからだ
どんな敵よりも攻撃するのに便利な敵だった

おれにはもっともいじめやすい敵であった
手ごたえがありしかも弱い敵だった
弱いくせに決して降参しない敵だった
どんなに打ちのめしても立ち直ってくるのはおれの敵
　がおれ自身だったからだ
チェーホフにとって彼の血が彼の敵だったように

アントン・チェーホフの内部に流れている祖先の農奴
　の血を彼は呪った
鞭でいくらぶちのめされても反抗することをしない
反抗を知らない卑屈な農奴の血から
チェーホフは一生をかけてのがれたいと書いた
おれもおれの血からのがれたかった
おれの度しがたい兇暴は卑屈の裏がえしなのだった
おれはおれ自身からのがれたかった
おれがおれを敵としたのはそのためだった

おれは今ガンに倒れ無念やる方ない
しかも意外に安らかな心なのはあきらめではない
おれはもう充分戦ってきた
内部の敵たるおれ自身と戦うとともに
外部の敵ともぞんぶんに戦ってきた
だから今おれはもう戦い疲れたというのではない
おれはこの人生を精一杯生きてきた
おれの心のやすらぎは生きるのにあきたからではない

兇暴だったにせよ　だから愚かだったにもせよ
一所懸命に生きてきたおれを
今はそのまま静かに認めてやりたいのだ
あるがままのおれを黙って受け入れたいのだ
あわれみではなく充分にぞんぶんに生きてきたのだと
思う

それにもっと早く気づくべきだったが
気づくにはやはり今日までの時間が
あるいは今日の絶体絶命が必要だったのだ

敵のおれはほんとはおれの味方だったのだと
あるいはおれの敵をおれの味方にすべきだったと
今さらここで悔いるのでない
おれ自身を絶えず敵としてきたための
おれの人生のこの充実だったとも思う
充実感が今おれに自己肯定を与える
おれはおれと戦いながらもそのおれとして生きるほか
　はなかったのだ
すなわちこのおれはおれとして死ぬほかはない

庭の樹木を見よ　松は松
桜は桜であるようにおれはおれなのだ

おれはおれ以外の者として生きられはしなかったのだ
おれなりに生きてきたおれは
樹木に自己嫌悪はないように
おれとしておれなりに死んで行くことに満足する
おれはおれに言おう　おまえはおまえとしてしっかり
　よく生きてきた
安らかにおまえは眼をつぶるがいい

庭で（二）

草の一

天が今日は実に近い　手のとどきそうな近さだ　草も
それを知っている　だから謙虚に葉末《はずえ》を垂らしている

草の二

光よ

山へのぼって探しに行けぬ
光よ
草の葉の間にいてはくれぬか

草の三

私はいま前後左右すべて生命にかこまれている　庭はなみなみと生命にみちあふれている　鳥の水あびのように私はいま草上で生命のゆあみをする

「死の淵より」拾遺

「死の淵より」拾遺は、「死の淵より」の下書きノートに書き残された詩篇である。何か意にみたないもの、のちにもっと手を加えたいものといった理由からはぶいたが、このまま陽の目をみることもなく、捨て去られそうなのでここに収めることにした。ただし「水平線の顔」「夜の水」「ケシの花」の三篇は、『近代文学』終刊号から原稿を求められたとき、散文の代りに、下書きノートの中から抜き出して（千葉から退院後、一時、七里ケ浜恵風園に入院中の作である）おくったものである。

おそろしいものが

おそろしいものが
背後から追った
逃げると追いかけてきた
夢中で逃げているうちに
背後のものがおれのなかを通り抜けて
おれの前を去って行った
なんだろうそいつは
そいつはおれに追いかけられているかのように逃げて

行く
おれに追いかけられるのを恐れるかのように駆けて行く
あいつはなんだろう
道ばたの人におれは聞いてみた
あれはなんでしょうか
あれは死だと総入れ歯の男が荘重に言った
キザなことを言うとおれは思った
死を知らぬ者にかぎって死を云々する
しかしおれだって死は知らぬのだ
おれは宿屋に入った　古いおれの常宿だ
お帰りなさいと白髪の番頭がびっくりしたように言った
帰ってきたのが意外なような声だ
女中もおれの蒼い顔を見て不気味そうに
どこへおいでしたと言った

おれはスリッパをぴたぴた言わせて廊下を歩いた
しめった地面をあいつが歩いて行った足音を思い出す
おれの部屋は遠く
永久にたどりつけないみたいだ
いやな臭いがする廊下でおれはつぶやく
あれは生だったのではないか

この埋立地

この埋立地はいつまでも土が固まらない
いつまでもじくじくしていて
草も生えない
生き埋めにされた海の執念を
そこにみるおもいがする
たとえ泥んこのきたなさ醜さでも
しつこい執念は見事だ
雨あがりの一段とひどい泥濘の

今朝の埋立地に足跡がついている
危険な埋立地を歩いたやつがいる
その勇ましさも見事だ
なんの執念だろうか
がぼっと穴になって残っている足跡は
まっすぐ海に向っている
それはそのまま海のなかに消えている

心のけだもの

けだものよ
眠りから早くさめて
兇暴に駆けめぐれ
私の心のなかのけだものよ
おまえの猟場を駆けめぐれ
死の影の下で眠りこけている間に
たちまちそこが占領されたようだ
ほかの獣《けもの》に

死となんらかかわりのない獣たちに
おまえのナワ張りは荒らされてしまった

心の部屋

一生の間
一度も開《ひら》かれなかった
とざされたままの部屋が
おれの心のなかにある
今こそそれを開くときが来た
いや　やはりそのままにしておこう
その部屋におれはおれを隠してきたのだ

抜け毛

歩いて歩いて
川岸にやっとたどりついたら
頼みの橋が落ちていた
向う岸に渡れないということは
もはや逃げられないということだ
氾濫のあとの逆に水量の減った川のまんなか
ぼつんと立った橋脚に
毛髪がひっかかっている

あれは　ひと目で分る　女の抜け毛だ

執着

ハナクソを丸めていると
なかなかこれが捨てられぬ
なんとなく取っておいた手紙のように
このつまらぬものが
生への執着のように捨てがたい

砂

近くの円覚寺に本堂ができた
杖をついて見に行った
大正十二年の大地震で
旧本堂がこわれて以来
ずっと空地のままだった
終戦の年の冬　ひとげのないそこへ
ある朝散歩に行ったら
礎石の間の砂地から

チチチと小さな声が聞えてきた
かすかな声なのに　だからかえって私の耳をとらえた
地面に白くおりた霜が朝日にとけて
砂が虫のように鳴いていたのだ
砂のささやきのようであり
つぶやかれた砂上の文字のようであった
再建された本堂の前でいま私は
異様で可憐なその音を思い出した
砂の空地だった方がよかったとも思う
同時に最近のある思い出がよみがえった
私がガンになる前のこと
安房鴨川の春のことだ
ある午後　浜辺を行くと
小鳥が砂の上をつんつんと飛びながら歩いていた
モミジのような足あとを
文字のように砂上に書きつらねた

たしかにそれは何事かを伝えんとする文字に相違ない
波音に消されて小鳥の声は聞えなかったが
円覚寺の砂の声が
小鳥の声として連想された
それほどこの小鳥にふさわしい声はない
二つは不思議に調和していた

水平線の顔

水平線から
顔がのぞいている
不気味な不可解な顔だが
私には分っている
知った顔ではないが
私が知らねばならぬ顔だ
夏の入道雲みたいに大きくはないが
そのようにあっけなく消えはせぬ

消えたと見えてまた顔を出す
私が死ぬのを待っているのか
それほど私もうぬぼれてはいないが
私が死ぬまでそれはのぞきつづけるだろう
ちょうど私の心から血が流れつづけるように

（七里ヶ浜K病院で）

夜の水

くらい夜の水の
静かな表面が
にわかに泡立ち
眼前の一点がもくもくとふくれあがる
明らかにそれは怒っているのだ
闇のなかで黒く光りながら
水は激怒している

鬱積した悲しみが
遂に怒りになったのだ
しかしそれもながくはつづかないのだ
怒りは無《む》慙《ざん》に崩され
水の高まりが次第に衰える
渦はあえなく消え去って
前にも増しておだやかな表面になる

見ている私に悲しみがどっと
波のように迫ってくるのはこの時だ
生と死とをそれは思わせる
ほんとうの悲しみとはどういうものかが
私に知らされるのも正にこの時だ
怒りのごとくにくだかれる生よ
そのもろさと短かさと激しさ
くらい夜の水よ

死もまたかくのごときか

（七里ヶ浜K病院で）

ケシの花

すでに私は地下に横たわっている
おでこのあたりに犬がうんこをする
いいんだ　いいんだ
鳥が小さなくちばしで地虫をついばむ
土中の私もなんとなくくすぐったい
今にそれどころか私の胸に
木の根が容赦なく侵入してくるだろうが
私は私の死体の上の

楽しい景色を夢想したい
ゴッホの墓のように
花を植えてはくれないか
私がオーベールへ詣でたときは
三色スミレが咲いていた
墓のそばのゴッホが描いた麦畑には
おさない麦穂の間に赤いケシが咲いていた
私の頭上にこのケシを植えてくれ
白い花のケシの実からは
阿片がとれる
麻薬のヘロインがとれる

（七里ヶ浜K病院で）

「わが埋葬」以後

詩集『わが埋葬』（思潮社）を昭和三十八年一月に出してから「死の淵より」（「群像」昭和三十九年八月号）までの間に、いろいろの機会に発表した詩をここに集めておくことにした。最後の「老いたヒトデ」（「風景」昭和三十八年十一月号）が発表されたのは、私の入院直後だったので、この詩はすでにガンの手術を覚悟してのことと、多くの人に思われたようだが、事実はなんの予感も自覚もなしに書かれた詩なのである。そういえば、『わが埋葬』のなかには死に思いをいたした詩が多く、今から思うと不気味である。

奴の背中には

奴の背中には
斜めに
タイヤの跡が黒々とついている
奴は口笛なんか吹いているが
奴の心は重いトラックのタイヤに
思いきり景気よくひかれたのだ
その証拠が陽気な口笛だ
あの気楽な足どりだ

ひかれた跡が背中に出ているのに
奴はそれに気づかない
だから奴は陽気なのだが
君は初めからすべて承知の上ひかれるがいい
君だっていっぺんひき殺されれば
奴のように陽気になれる
おれの女は
顔に斜めに
タイヤの跡をつけている

まだでしょうか

まだでしょうかと　そいつがうしろから
猫撫で声で　おれにささやく
まだ？　まだとはなんだ
おれは何も共同便所で小便をしているのではない
まだ達者で歩いているおれのあとを
足音を忍ばせてこそこそつけてくるのはよせ

なまぐさいそいつは何物だろう

そいつはどんな面をしているか
そいつの正体を見とどけてやりたいが
振り向いたおれに
眼鼻のないずんべら棒の顔を
そいつは見るにちがいない
そしてそいつは一向に驚かないで
すぐですねと言うかもしれぬ
そいつにそんなことを言わせたくないから
おれは振り向かないで我慢しているのか

そいつはそいつ自身のことを
おれに聞いているのかもしれないのだ
まだなまぐさいそいつは
おれのことを何かカンちがいしている
そう思うことがおれの口をとじさせている
おれをすたすたと脇目もふらず足早やに歩かせている

揺れるブランコ

夕暮の空地で
ブランコが揺れている
今し方まで子供が乗っていたのだろうが
駈け去った子供の姿はもう見えない
それはほんとは子供ではなくて
すべてを心得ている
しかし人の眼には見えない何物かなのだ
そうだ　ブランコだってその何物かと一緒に

ほんとはここから消えたいのだ
揺れているのはそのせいだ
夜がその姿を隠してくれる前に
自分からここを立ち去りたいのだ
ここ　人がきっと立ちどまって
暗い眼つきでブランコを見るここ

醜い生

あなたは私から去って行く
闇のかなたにやがてあなたは消える
闇のなかにあなたが溶解するとき
私はここでこのまま溶解する
まぶしいぎらぎらする光のなかで
私はすべてを失うのだ
それは決してあなたのせいではない
美しいあなたが私のなかから出て行って

私に残されたものが何もないからではない
ひとえにこのすばらしい光のせいだ
醜い生にも惜しみなく注がれるこの光のなかで
生きられるだけは生きたいのだ

告白

あたりを見廻し
ものかげに隠れて
猫がこっそりゲロを吐いていた
それをうっかり
おれは見てしまった

まずいな　まずかった
猫とおれは同時に言った

君はこのどっちを
おれのつぶやきと思うか
君――告白の好きな作家よ

恥

みんなぶっ殺されて
自分だけ殺されないで
取り残された病牛が
屠場の隅で恥じていた

生きろと言えないおれに
そいつはこう言やがった
お前さんもおいらと同じか

いやな眼つきだねえ

そいつを殺せ
と言えないおれは
キーキーと悲鳴をあげている豚を
卑怯未練な奴だとさげすんでいた

オルガン

初夏の
夕暮の
どこかの
オルガンがやむと
遠くの犬が
吠え出した

オルガンがやむと
それまで外をのぞいていた
おれのたましいが
窓から立って
病んで寝ているおれの所へ戻ってきた

ラムネの玉

忘れた頃に出てきた可憐な失《う》せ物のように
おとなには無意味でも
子供には貴重ながらくたのように
みんなに親切にしたい気持がおれの胸にもどってきた
ところがそいつが古風なラムネのガラス玉のように
おれののどにひっかかって息ができぬ
誰か親切な人よ　おれを叩き割ってくれ
ぶざまなラムネのびんを割るように

とびきり上等なレッテル

あれがこれから君の行くところだ
病院みたいに清潔な自慢の設備だ
おとなしくはいって行きたまえ
君があの建物を出るときは
君は美しい商品になっている
とびきり上等なレッテルまで貼ってある
あのデザインには実に苦心した
その印刷にはうんと金がかけてある

もちろん君はむごたらしい死に方はしたくないだろう
当世ふうの残酷好きの君
自分が残酷な目に会わされるのは嫌いだが
ひとの残酷なら舌なめずりする君
安心してあすこへはいって行くがいい
それとも君は脳天を丸太でぶち割られ
皮をひんむかれ　さかさにつるされ
小さく切りきざまれて肉屋で売られるほうがいいか

缶詰にされるのがいやならそれでもいい
どちらでも君の希望をいれてさしあげたい
君はどういうふうにして殺されたいか
われわれは自由を尊重するのだ
君は自由にどちらかを選ぶことができる
早く返事をしたまえ

なんでも食いたがる思想の豚
やい　早く　返事をしねえか

失われたタヌキ

おれの幼い頃には
タヌキが徳利をさげて
大ギンタマをぶらさげて
町の酒屋へ酒を買いに来たものだ
しょっちゅう会っているうちに友だちになったのだが
おれがおとなになったら
タヌキはどこかへ消えてしまった

そのタヌキは酔払うと
カッポレを踊ったり
キレイな娘に化けたりして
幼いおれを喜ばせたものだ
うまいうまいとおれは手をたたいた
これなら人間のおとなもころりとだませる
人をだますのは面白いだろうな

ふとタヌキはまじめな顔をして
幼いおれを相手にこう言ったものだ
坊や　それは違うよ
人間さまをだますために化けるんじゃない
だまそうとしてだませるもんじゃない
これはおいらの楽しみなのさ
おいらひとりのケチな楽しみさ

坊や　あのサクラをごらん
あれだってひとさまのために咲いてるんじゃない
普段ずいぶんとつらいおもいをしているのに
苦労を花に出してないのもえらいもんだ
あんなきたない枝から
あんなキレイな花を咲かせている
上手に化けたもんじゃないか

タヌキの言うことが幼いおれには分らなかった
今は分る
あのタヌキもやっぱりずいぶんさびしい気持だったの
だ
今のおれにはそれが分るが
分ると告げたいタヌキが今はいない
すでにおれから失われてしまったタヌキは
もはやふたたびおれに戻ってはこないのだ

老いたヒトデ

踏みつぶすのも気持が悪い
海へ投げかえそうとおっしゃる
その慈悲深い侮蔑がたまらない
一時は海の星と謳《うた》われたあたしだ

ハマグリを食い荒す憎い奴と
あなた方から嫌われ
食用にもならぬとうとまれたあたしが

今は憎まれも怨まれもしない
あたしも福徳円満
性格も丸くなって
すっかりカドが取れ
星形の五本の腕もボロボロだ
だのにうっかりアミにひっかかった
しまったと思ったが
いや待て　これでいいのだ
このほうがいいと思い直したところだ

年老いて
歯がかけて好きな貝も食えず
重油くさい海藻などしゃぶって
生き恥をさらしていた

炎天の砂浜で
のたうち廻る苦しみのなかで
往年の栄光を思い出しながら
あたしはあたしの瀕死を迎えたい

宝石のような星が
夜空に輝いていたのも昔のことだ
今は白いシラミのような星が
きたない空にとっついている

海の星の尊厳も昔のことだ
海にかえさないでくれ
老いたヒトデに
泥まみれの死を与えてほしい

新しい友人

解説　井坂洋子

高見順の小説は現在ほぼ絶版状態だと聞いている。今や、昭和の文学史上の輝ける名前だけの存在になったのだろうか（小林多喜二の「蟹工船」のように再燃する可能性は秘めているが）。

かつて平野謙は高見順の、風俗を活写した饒舌体の小説テーマを三つに分けた。一、転向。二、裏切られた夫の嘆き。三、自己の出生の秘密。である。「転向」は、高見順が転向作家だったわけではないが、青年時、多くの知識人と同様に、マルキシズムの思想の影響を受けたことによる。その後さまざまな曲折を経た者達の、一般的な命題だったといわれている。「裏切られた夫の嘆き」は、高見順が二十三で結婚した相手の女性が華やかな人だったらしい、浮気されたのち数年で別れ、二十八で再婚した秋子夫人と生涯を共にした。「出生の秘密」とは、高見順が私生児だったことに起因する。父は、福井県知事・坂

左から母吉代、順、秋子（昭24・6）

本彡之助《さんのすけ》。母は、福井の三国小町と言われた高間古代《コヨ》。高見順は母と祖母に育てられ、父とは一度も会うことがなかった。また高見順の異母兄には、詩人の坂本越郎がいる。彡之助の兄の子である永井荷風とはあまりそりが合わなかったようだ。

「当時、私生児というものがどんなに世間から軽蔑され、迫害されたか、民主主義のこんにちでもその傾向はなきにしもあらずだが、今とはくらべものにならぬほどひどかった。たとえば、東京府立一中を受験しようとした高見少年は、友だちから『府立は私生子は入れないんだよ』といわれてカッとなり、その友だちよりも母親を恨んだ」(石光葆《しげる》『高見順人と作品』)

こうした自分の負の要素を高見順は小説のテーマとした。『如何なる星の下に』の中で、「ジメジメした性格」「ジメジメした小説」と、最初に結婚した相手(をモデルにした人物)に言わせている。とはいえ、決して内向きなだけの人ではない。開高健「高見順伝」は、伝記としては手短なものだが、読み手を圧倒させる力がある。その中の一文を引用する。

「高見順はたくさんの長篇、中篇、短篇を書き、文芸時評を書き、随筆を書き、文学論を書き、インドネシアへいき、タイへいき、ビルマへいき、イギリス軍の戦車に包囲され、ビルマの民族独立運動家たちと親交を持ち、南京の大東亜文学者大会に出席し、戦後には出版社を設立してやがて失敗し、胸を病み、神経を病み、舞踊劇を書き、詩を書き、アジア・ペン大会に出席し、アジア知識人会議に出席し、たくさんの作家と対談し、外国の詩を翻訳し、（中略）たえまなく論争のきっかけを投げ、日本近代文学館設立運動をはじめ、長唄の作詞をし、新潮文学賞をもらい、菊池寛賞をもらい、野間文芸賞をもらい、食道ガンになり、五十八歳で死んだ」

長い一文である。途中で端折っても、高見順の精力的な作家活動を伝えて余りある。息せききって絶え間なく前進し、挫折があろうと復活したが、最期は病により強引に命を絶たれた。臨終のベッドからぽろりと鉛筆を落とした、といってもそう誇張ではない生き方だった。開高健は、続けて高見順をこう評している。

「機会あるごとに故人は〝最後の文士〟を掲げたが、〝士〟が連想させる反骨よりは機敏な御家人くずれという印象がある。マスコミ会社の練達の接待人という印象も濃かった」

故人が聞けば、痛いところをつかれたと思ったかもしれない。しかし、開高健は、高見順のその生き方は彼だけのものではない、という。戦争をかいくぐり、敗戦から立ち上がった当時の社会の人々の、ひとつの典型として捉えてもいる。「生きのびたいというつぶやきや叫びほどにも圧倒的な価値意識はほかに何もなかった」と。彼に「晩熟の人」と言わしめた高見順の、（全集や日記を別とすれば）生前最後の単行本となったのが、詩集『死の淵より』である。生きるうねりを表した饒舌体の小説に比べ、詩はあっさりしている。小説家の詩というより、一方の端に小説を置いての、こちらの端である詩を意識している感じがする。散文脈の詩（ことばの筋道の通る詩）であり、小説のことばと土台は同じかもしれないが、対照的である。小説では、主人公を人間社会の中に放り込んで、人と人との摩擦を細かく描きだす。とくにその心理面――へどもどしたり、怒ったり、相手の気持ちを忖度したり、無視したり、というような機微を描きつつ、もう少し大きな事柄にまで広げようとする。しかし詩では、そうした気持ちの表層の騒がしさが払拭されている。対他によらず、対自のみであり、対他の窮屈さや面白さから逃れて、平穏のうちに書かれているといってもいい。

数々の小説を書く以前高見順は、ダダ的な詩を書いていたらしいが、二十代半ばで一度詩を捨てる。そして「三十五歳の詩人」という詩があるように、中年になりまたぽつぽつと書き始めたようだ。詩を志したのは、「四十歳」と本人が述べている。肺結核でサナトリウムに入院し、鎌倉に転地療養するが、その間に数々の詩が生まれた。「いつから詩を書きはじめたか」ということについては、『現代詩文庫・高見順詩集』の清岡卓行「高見順の詩序説」に詳しい。最後の詩集となった『死の淵より』もそうだが、彼の詩は病、死の意識や予感といったものが背後にある。荒っぽく言えば、死とセットになっている。第一詩集『樹木派』には、こんな詩がある。

こつそりとのばした誘惑の手を

僕に気づかれ
死は
その手をひつこめて逃げた

そのとき
死は
慌てて何か忘れものをした
たしかに何か僕のなかに置き忘れて行つた

（「死」）

〝死〟の忘れものを結晶化したものがその後の詩篇なのだろうか。象徴的な書きぶりながら、ある実感をともなっている。自分の気持ちを見つめて書かれているが、ベッドに寝ている病人が、見える範囲の風景など限られた対象に目を向け、そこに気持ちをかぶせている。また、気づきの詩もある。詩の尺度となりうるのは、ひとつは文体の革命、もうひとつは斬新な意味の発見（気づき）だと思うが、彼の詩は後者にあたるか。とはいえそれは、ああこんなふうなことがいえた、と詩の上で小躍りしていない。気づきさえ静かなのだ。『樹木派』では、たとえば「雲が多すぎて／雲でなくなつている」「犬が吠えてゐる／なんといふ力のこもつた声だらう／排他心とはなんといふ力強いものだらう」「ガラスが

／すきとほるのは／それはガラスの性質であつて／ガラスの働きではないが／性質がそのま、働きに成つてゐるのは／素晴しいことだ」等々である。これらは確かにそう、と納得するが、読んでいて気持ちの裏側がひりひり痛むようなものではない。

私は高見順の、気持ちがあふれて自然に書いているような作品が好きだ。『死の淵より』の中では、「青春の健在」「魂よ」「黒板」――。どれも代表作であり、好きだと言うのもはばかられるが、彼の直情が無駄なく、すっくと立ち上がっていると思う。現代詩的な佳い詩と思うのは、「おそろしいものが」「夜の水」「老いたヒトデ」あたりだろうか。作品と実作者との距離がちょうどいい感じがする（こんな生意気を言っては高見さんに怒られてしまいそうだが）。そして、何かに仮託してものを言っていて、複雑な色合いが出ている。

高見順には、自分は現代詩の外側にいて部外者なのだが、という意識があったのではないかと思う。部外者だから許される自由もある。野心家だったようだが、詩との付き合いは個人的な純なものだったのだろう。「詩を書くことによつて、そして書いた詩を心に抱いてゐることによつて、どんなに私の生命が養はれたことか。」と述べているし、自分が詩を書くことは「死」との駆け引きだった、とも述べている。「詩と仲よしに成ることによつて、逆に死から免れようといふ気持だつた」と。そのような内的な要請はあっただろうが、しかし純粋な心情のなかにも、詩で惹きつけるという見せ方を色々試しているよう

『死の淵より』函（昭39・10）

に思う。様々な意匠の詩があるのは、本書を一読すれば明らかだ。が、それらはある枠内に収まっていて、あえてそこを突き破ろうとはしていない。小説では、未完成であったり、破綻を覚悟で思いきった書きぶりをするのに、詩にはある種の整い方を感じる。それは新しい友人に対して、おずおずとして、出方をさぐっているということなのかもしれないが、無茶せずに、詩との距離をはかって、ある節度を保っている態度とも受け取れる。そして詩は、そのような書き手に対して、余白という奥ゆかしさを与えてくれた。何度読んでも惹きつけられ、不思議と満腹にはならない。そこが魅力だ。

私はある日、こっそりとそのページをめくる。「オジサン　ハヤクオイデヨ」と死の天使に誘われる詩。その子は「オジサンノスキナ」「オケラ」「テントウムシ」「カナブン」が待っていると言う。彼岸へ行けば、やっと幼児になれて小さな虫けらを手の平に乗せ、ただそれだけの安心で生きられるのだ、という気持ち……。高見順は、世俗にまみれ食いしばる歯で自分を嚙み砕きながら仕事をする日々を送っていたのに、そんなものをまだ失わずにいた、ということだろう。たとえ作家として頂点を極め、葬儀が盛大だったとしても、それを死にまで引きずってはいけない。わずかに死の際まで携えていけるのは、ほんのちっぽけな感傷だけかもしれない。そのことを重々承知していた。この「ハヤクオイデヨ」「巻貝の奥深く」「荒磯」の三篇の流れは素晴らしい。

生誕の地である福井の、東尋坊の近くの海に突き出た岩の上に、日本海を見下ろすよう

晩年の高見順（昭38、山の上ホテルにて）

に詩碑が立っている。刻まれた詩行は、

おれは荒磯の生れなのだ
おれが生れた冬の朝
黒い日本海ははげしく荒れていたのだ
怒濤に雪が横なぐりに吹きつけていたのだ

おれが死ぬときもきっと
どどんどどんととどろく波音が
おれの誕生のときと同じように
おれの枕もとを訪れてくれるのだ

近くには、彼の生家が今も残っている。こぢんまりした木造の平屋だ。二歳になるかならぬかで、母に連れられ東京の麻布に引っ越したのだが、晩年生誕の地を訪れ、日本海を見てそこで、運命の子として生まれたことを確認したようだ。はたからはどんなふうに見えようとも、この清潔さは彼の芯を貫いているものだったと思う。

年譜

高見順

一九〇七年（明治四〇年）
一月三〇日（戸籍は二月一八日）、福井県坂井郡三国町平木二八番地に生まれる。本名、高間義雄（のちに芳雄）。父は坂本釤之助《さんのすけ》。母は高間古代（コヨ）。私生児として出生届が出され、認知されたのは一九三〇年九月三日である。当時釤之助は福井県知事。のちに勅選貴族院議員を経て枢密顧問官となった。永井家の出で、実兄の永井久一郎（禾原）は荷風の父である。順の異母兄で長兄の瑞男《たまお》は外交官となり、次兄は詩人の阪本越郎である。のちに瑞男との間には交流が生じたが、父とは終生会うことがなかった。

一九〇八年（明治四一年）　一歳
九月、坂本釤之助の東京転任のあとを追って、祖母コト、母古代が順を連れて上京。東京市麻布区竹谷町に住み、母は裁縫の賃仕事をする。

一九一三年（大正二年）　六歳
四月、東京市麻布区本村尋常小学校に入学。一〇月に東町尋常小学校に移る。

一九一九年（大正八年）　一二歳
四月、東京府立第一中学校に入学。白樺派のヒューマニズム、大杉栄のアナーキズムに心ひかれる。他に、ストリンドベルヒなどを読みふける。

一九二三年（大正一二年）　一六歳
九月、関東大震災。麻布は被災しなかったが、下町の惨状を見、衝撃を受ける。
一九二四年（大正一三年）　一七歳
四月、第一高等学校文科甲類に入学。大学卒業までの六年間、篤志家より育英資金を受けた。三年間寮生活を送る。一高社会思想研究会に入ったが、間もなく離れる。
一九二五年（大正一四年）　一八歳
村山知義の影響を受けてアヴァンギャルドに心酔し、ダダイスムの雑誌『廻転時代』を創刊。このころから築地小劇場に通いはじめる。
一九二六年（大正一五年・昭和元年）　一九歳
一月、祖母コト没。校友会雑誌の文芸部委員になり、さかんに小説を書く。
一九二七年（昭和二年）　二〇歳
四月、東京帝国大学文学部英文科に入学。九月、新田潤らと『文芸交錯』を創刊。
一九二八年（昭和三年）　二一歳
二月、左翼芸術同盟に参加。五月、『左翼芸術』創刊号に載せた「秋から秋まで」に、はじめて高見順のペンネームを使う。七月、東大の左翼系同人雑誌七誌が合同して『大学左派』を創刊。編集にあたる。ここで武田麟太郎と知り合う。「植木屋と廃兵」（一号）、「葉山嘉樹論」（二号）などを発表する。劇団制作座の演出を行い、石田愛子を識る。
一九二九年（昭和四年）　二二歳
六月、武田麟太郎、新田潤、藤沢桓夫らと『大学左派』の後身にあたる『十月』を創刊。『時代文化』にも参加し、「霹靂」（四号、五号）を発表。
一九三〇年（昭和五年）　二三歳
三月、大学を卒業。卒業論文は"George Bernard Shaw as a Dramatic Satirist"。研究社の英和辞典編纂部の臨時雇となる。七月、『集団』を創刊。秋にコロムビア・レコード会社に就職。一〇月、新潮社『文学時代』の「新鋭作家総出動号」に「侮辱」を発表。一二月、『集団』に「時代」を発表。石田愛子と結婚。母のもとを離れ、大森に住む。

一九三一年（昭和六年）　二四歳

一月、「檄――亡き同志井藤に捧げる断片――」、二月、「第一歩――組合は一つだ！」を『集団』に発表。プロレタリア作家として自分を鍛えようとしていた時期だった。

一九三二年（昭和七年）　二五歳

四月、「オシャカ」を『集団』に、五月、「反対派」を『プロレタリア文学』に発表。一一月、治安維持法により大森の自宅で検挙される。プロレタリア作家同盟の城南地区キャップをし、また、日本金属労働組合に関わる活動をしていたため。

一九三三年（昭和八年）　二六歳

二月下旬、運動から離れる旨の手記を書いて、起訴留保処分で釈放される。妻愛子去る。九月、新田潤、渋川驍、荒木巍、大谷藤子らと同人雑誌『日暦』を創刊。創刊号に「感傷」を発表。転向したことの自己呵責と妻に去られたことの苦悩が続く。

一九三四年（昭和九年）　二七歳

一月、「世相」を『文学界』に発表。二月、不起訴決定の通知が来る。一一月、『文化集団』に発表した「浪曼的精神と浪曼的動向」は、日本浪曼派批判の先駆けとなる。

一九三五年（昭和一〇年）　二八歳

二月、「故旧忘れ得べき」を『日暦』に連載（～七月）。第一回芥川賞の候補となる。七月、水谷秋子（一九一一年生）と結婚。秋子は名古屋生れで、前年より東京へ出て銀座のバーに勤めており、ここで順と知り合った。披露宴は一七日、新宿「白十字」において「叱咤鞭撻の会」の名称で行なわれた。大森区入新井に、母と三人で住む。「このモダモダや如何にせん」を『文芸通信』に、一〇月、「起承転々」を『文芸春秋』に、一二月、「私生児」を『中央公論』に発表。

一九三六年（昭和一一年）二九歳

一月、『文学界』に「文芸時評」（〜三月）を書き、これにより第三回文学界賞を受けた。三月、武田麟太郎が主宰する『人民文庫』の創刊に加わる。ここに「故旧忘れ得べき」の続編を連載（〜九月）。五月、「描写のうしろに寝てゐられない」を『新潮』に、六月、「嗚呼いやなことだ」を『改造』に発表。最初の新聞小説「三色菫」（『国民新聞』）の連載を機にコロムビア・レコード会社を退職し、文筆生活に入る。七月、最初の短篇集『起承転々』（改造社）刊行。一〇月、『故旧忘れ得べき』（人民社）刊行。一一月、「虚実」を『改造』に発表。思想犯保護観察法の施行により、擬似転向者と見なされ終戦まで監視が続く。一二月一六日、ラジオで父の死を知り、坂本家を母と弔問する。父は享年七九。

一九三七年（昭和一二年）三〇歳

二月、「生理」を『文芸春秋』に、「人の世」を『文芸』に発表。三月、「地下室」を『日本評論』に発表。六月、『報知新聞』の「人民文庫・日本浪曼派討論会」に出席。七月、「外資会社」を『新潮』に発表。取材のため飛驒に行き、旅行中に日中戦争開始の報を聞く。八月、「工作」を『改造』に発表。東京発声映画制作所の嘱託となり、文芸映画の企画に参加する。

一九三八年（昭和一三年）三一歳

一月、「化粧」を『人民文庫』に発表。『人民文庫』が終刊し、その間、武田麟太郎との間に確執が生ずる。高洲基の出資により総合文化雑誌『新公報』を創刊したが、三号で廃刊。二月、「机上生活者」を『中央公論』に発表。この頃から浅草の五一郎アパートに部屋を借り、それまで銀座に借りていた仕事部屋を移す。四月、「文学的自叙伝」を『新潮』に発表。九月、「人間」を『文芸春秋』に発表。「更生記」を『大陸』に連載（～翌年二月）。

一九三九年（昭和一四年）　三一歳

一月、「如何なる星の下に」を『文芸』に連載（～翌年三月）。五月、「私の小説勉強」を『文芸』に発表。長女、由紀子誕生。六月、「通俗」を『改造』に発表。

一九四〇年（昭和一五年）　三三歳

七月、丹羽文雄、石川達三、北原武夫らと編集責任者となり、雑誌『新風』を中央公論社より創刊したが、内閣情報部の指示に従わなかったという理由で一号のみで廃刊。『新風』創刊のため『文学界』からの同人参加の誘いを断った。夏を島木健作と志賀高原発哺温泉で過ごす。九月から一二月まで、『文芸春秋』の「文芸時評」を担当。一〇月、日本文学者会が発足し、発起人としてこれに加わる。一二月一七日、由紀子急死。渋川驍、平野謙らと大正文学研究会を発足させる。

一九四一年（昭和一六年）　三四歳

一月、画家の三雲祥之助とジャワ（現、インドネシア）およびバリ島に旅立ち、五月中旬に帰国する。七月、「文学非力説」を『新潮』に発表。九月、『蘭印の印象』（改造社）刊行。一一月、徴用令が下り陸軍報道班員として南方に赴くこととなる。香港沖の輸送船上で太平洋戦争が始まったことを知る。

一九四二年（昭和一七年）　三五歳

新年をタイのバンコックで迎える。まもなくビルマ（現、ミャンマー）方面に配属される。二月、『諸民族』（新潮社）刊行。三月、ビルマのラングーン近郊でイギリス軍の戦車に包囲され危うく逃れる。「工兵山に挑む」（五月『中央公論』）など、ルポルタージュを多数執筆。七月、大正文学研究会の『芥川龍之介研究』（河出書房）刊行。ビルマ滞在の後半期はビルマ作家協会の結成のために協力し、ビルマの作家たちと親交を深める。

一九四三年（昭和一八年）　三六歳
一月、ビルマより帰国。四月、神奈川県鎌倉郡大船山ノ内宮下小路六三三（現、鎌倉市山ノ内六三三）に移る。六月、「ノーカナのこと」を『日本評論』に発表。一〇月、「東橋新誌」を『東京新聞』に連載（〜翌年四月）。

一九四四年（昭和一九年）　三七歳
六月、「春寒」を『文芸』に発表。大正文学研究会の『志賀直哉研究』（河出書房）刊行。再び陸軍の徴用令を受け、報道班員となって中国に赴く。七月五日、異母兄の瑞男がスイス公使として赴任中に死亡。順が不在のため、妻秋子が弔問した。一一月、第三回大東亜文学者大会が南京で開催され、長与善郎、豊島与志雄、火野葦平、阿部知二らとともに日本代表として参加。一二月、帰国。

一九四五年（昭和二〇年）　三八歳
三月、「馬上侯」を『文芸春秋』に発表。五月、久米正雄、川端康成らと貸本屋「鎌倉文庫」を鎌倉八幡通りに開く。八月、戦争終結のラジオ放送を鎌倉で聞く。九月、出版社鎌倉文庫を設立。常務取締役となる（〜一九四九年一〇月）。

一九四六年（昭和二一年）　三九歳
一月、「島木健作の死」を『人間』に発表。二月、「草のいのちを」を『新人』に発表。三月、「わが胸の底のここには」を『新潮』に連載（〜翌年四月。以後、一九四八年五月まで、『展望』『文体』に分載）。「今ひとたびの」を『婦人朝日』に連載（〜七月）。三一日、武田麟太郎が急逝。臨終に立ち会う。八月、「日記（昭和二十年）」を『文学季刊』に発表。以後、「日記」を各誌に分載、発表する。九月、「仮面」を『時事新報』に連載（〜一二月）。一二月、胃潰瘍で倒れ、翌年にかけて病床につく。
一九四七年（昭和二二年）　四〇歳
四月、「或る告白」を『展望』に、「日本の近代小説と私小説的精神」を『芸術』に発表。「天の笛」を『サンデー毎日』に連載（〜八月）。五月、「深淵」を『日本小説』に連載（〜翌年六月）。詩誌『日本未来派』が創刊され編集同人となる。六月、「神聖受胎」を『大阪日日新聞』に連載（〜一〇月）。八月、「文学者の運命について」を『新潮』に発表。一一月、「炎と共に」を『読売新聞』に連載（〜翌年三月）。
一九四八年（昭和二三年）　四一歳
二月、鎌倉稲村ケ崎に仕事部屋を借りて通う。四月、「リアリティとリアリズム――描写のうしろに寝てゐられない・再論――」を『新小説』に発表。六月、胸部疾患のため鎌倉額田サナトリウムに一一月まで入院。小説が書けず、詩を書きためた。
一九四九年（昭和二四年）　四二歳
一月、「私のアルバム」を『文学界』に発表。「分水嶺」を『新大阪新聞』に連載（〜一二月）。七月、箱根仙石原に転地療養。八月、「深夜」を『風雪』に発表。一一月、詩集「樹木派」を『人間』秋季増刊号に発表。
一九五〇年（昭和二五年）　四三歳
一月、逗子に仕事場を借り、一九五二年初めまで通う。「密室」を『風雪』に発表。四月、「転向」を『風雪』に発表。六月、「胸より胸に」を『婦人公論』に連載（〜翌年三月）。七月、「わが胸の底のここには・続」を『人間』に連載（〜九月）。
一九五一年（昭和二六年）　四四歳
一月と三月に「風吹けば風吹くがまま」を『人間』に、四月、「インテリゲンチア」を『世界』に発表。五月、「拐帯者」を『サンデー毎日』に連載（〜八月）。「あるリベラリスト」を『文芸春秋』に発表。九月、『日暦』

を旧同人と復刊。一〇月、「朝の波紋」を『朝日新聞』に連載（〜一二月）。

一九五二年（昭和二七年）四五歳
前年から兆候のあった尖端恐怖症、白壁恐怖のノイローゼが激しくなり、執筆が進まなくなる。三月、奈良を旅し古寺をまわる。八月、「昭和文学盛衰史」を『文学界』に連載（第一部は翌年一二月まで。第二部は一九五六年一月〜五七年一二月）。

一九五三年（昭和二八年）四六歳
一月、「甘い土」を『世界』に発表。「この神のへど」を『群像』に連載（〜一二月）。「反時代的考察」を『新潮』に連載（〜一二月）。一二月、『高見順詩集』（河出書房）刊行。

一九五四年（昭和二九年）四七歳
一月、「一回だけの招待」を『毎日新聞』に連載（〜七月）。四月、「都に夜のある如く」を『別冊文芸春秋』に連載（〜翌年六月）。執筆にあたって柳橋の料亭の一室を仕事場に借りる。八月、「各駅停車」を『サンデー毎日』に連載（〜一一月）。

一九五五年（昭和三〇年）四八歳
二月中旬、東パキスタンのダッカでのアジア・ペン大会、ビルマのラングーンでのアジア知識人大会に出席。インドに寄って三月中旬帰国。五月、「対談現代文壇史」を『文芸』に連載（〜翌年一二月）。六月、「革命芸術と芸術革命の問題」を『群像』に発表。

一九五六年（昭和三一年）四九歳
一月、自選自訳の詩「世界恋愛名詩選」を『婦人画報』に連載（〜一二月）。九月、「生命の樹」を『群像』に連載（〜一九五八年一一月）。この頃、妻秋子、ノイローゼで病気がちとなる。

一九五七年（昭和三二年）五〇歳
一月、「わが胸の底のここには」を『文芸』に発表（〜三月）。九月、第二九回国際ペン大会が東京で開催され、日本代表として参加。

一九五八年（昭和三三年）五一歳

一月、「裸木」を『新潮』に発表。五日、小野田房子との間に女児（恭子）誕生。二月、日本ペン・クラブ専務理事に就任。三月、『昭和文学盛衰史（一）』（文芸春秋新社）刊行。四月、ソビエト作家同盟の招待により、青野季吉、阿部知二らとソビエト（現、ロシア）を訪問。帰途、パリに寄って一ヵ月滞在。六月末に帰国。九月、「革命の文学と文学の革命」を岩波講座『日本文学史』（第一二巻）に発表。「ファン・ゴッホの生活と芸術」を『読売新聞』に連載（一二回）。一一月、『昭和文学盛衰史（二）』（文芸春秋新社）刊行。警職法改正反対の運動として「静かなデモ」を、有志と行なう。

一九五九年（昭和三四年）五二歳

一月、「激流」を『世界』に連載（～一九六三年一一月）。四月、『敗戦日記』（文芸春秋新社）刊行。九月、『高見順詩集』（凡書房）刊行。一一月、『昭和文学盛衰史』により第一三回毎日出版文化賞を受賞。一二月、『完本・高見順日記』（凡書房新社）刊行。

一九六〇年（昭和三五年）五三歳

一月、「いやな感じ」を『文学界』に連載（～一九六三年五月）。「文学的現代紀行」を『群像』に連載（～一二月）。二月、「愛が扉をたたく時」を『週刊現代』に連載（～一二月）。

一九六一年（昭和三六年）五四歳

六月、詩「旅芸人」を『日暦』に発表。

一九六二年（昭和三七年）五五歳

一月、「純文学攻撃への抗議」を『群像』に発表し純文学論争に加わる。五月、伊藤整、稲垣達郎、小田切進らと日本近代文学館設立準備会を発足させる。この年、芥川賞選考委員となる。

一九六三年（昭和三八年）五六歳
一月、『わが埋葬』（思潮社）刊行。四月、財団法人として日本近代文学館が発足。初代理事長に就任した。七月、『いやな感じ』（文芸春秋新社）刊行。一〇月、「大いなる手の影」を『朝日ジャーナル』に二回連載したが、食道癌と診断され千葉大学附属病院入院のため、中断。すぐに手術を受け、一一月に退院して自宅療養。『いやな感じ』により、第一〇回新潮文学賞受賞。
一九六四年（昭和三九年）五七歳
三月、日本近代文学館設立運動に対し第一二回菊池寛賞が贈られた。六月、千葉大学附属病院に再度の入院。手術。七月二四日、母、古代が逝去。享年八七。八月、詩集「死の淵より」を『群像』に発表。これにより、第一七回野間文芸賞受賞。一一月二日、日本近代文学館文庫開設記念式典に出席し、総会で挨拶。一二月七日、千葉県稲毛の放射線医学総合研究所付属病院に入院、手術。
一九六五年（昭和四〇年）五八歳
三月、手術。病床で戦前の日記に注をつける作業をする。また、闘病生活中も日記は書き続けられた（〜七月一三日）。八月四日、小野田恭子を養女として入籍。一六日、東京駒場公園で日本近代文学館の起工式。翌一七日、死去。八月二〇日、日本文芸家協会、日本ペン・クラブ、日本近代文学館の三団体葬として青山斎場で葬儀（葬儀委員長・川端康成）が行なわれた。

＊この年譜は『高見順全集』別巻（勁草書房、一九七七年）所収の「年譜」（小野芙紗子編）を基にまとめた。

（宮内淳子編）

著書目録

高見順

【単行本】

起承転々　昭11・7　改造社
故旧忘れ得べき　昭11・10　人民社
女体　昭11・10　竹村書房
描写のうしろに寝てゐられない　昭12・1　信正社
虚実　昭12・7　竹村書房
人間　昭13・11　竹村書房
私の小説勉強　昭14・7　竹村書房
化粧　昭14・11　青木書店
現代の愛情　昭15・3　今日の問題社
如何なる星の下に　昭15・4　新潮社
遥かなる朝　昭15・8　学芸社
更正記　昭15・10　昭森社
文芸的雑談　昭15・11　昭森社
花さまざま　昭16・2　実業之日本社
高見順自選小説集　昭16・2　竹村書房
わが饒舌　昭16・4　富士出版社
東京暮色　昭16・5　明石書房
蘭印の印象　昭16・9　改造社
諸民族　昭17・2　新潮社
文芸随感　昭17・11　河出書房
ビルマ　昭19・2　陸軍美術協会出版部
ビルマ記　昭19・2　協力出版社
東橋新誌　昭19・11　六興出版部
工作　昭20・11　新太陽社

流れ藻　昭21・3　丹頂書房
眼で見る愛情　昭21・7　南北書園
魅力　昭21・7　葛城書店
遠方の朱唇　昭21・8　新紀元社
今ひとたびの　昭21・9　鎌倉文庫
虚実　昭21・12　昭森社
日曜と月曜　昭21・12　実業之日本社
恋愛年鑑　昭22・1　虹書房
今ひとたびの　昭22・7　青龍社・学進書房
現代の愛情　昭22・8　講談社
霙降る背景　昭22・8　地光社
仮面　昭22・10　青龍社
人間　昭22・12　弘文社
真相　昭23・1　共立書房
神聖受胎　昭23・3　永晃社
文学者の運命　昭23・3　中央公論社
炎と共に　昭23・9　新潮社
高見順作品集　昭23・12　白山書房
天の笛　昭24・7　六興出版社
高見順詩集　樹木派　昭25・11　日本未来派発行所
胸より胸に　昭26・11　黄土社書店
拐帯者　昭26・12　北辰堂
朝の波紋　昭27・3　朝日新聞社
この神のへど　昭29・1　講談社
一回だけの招待　昭29・11　新潮社
各駅停車　昭29・12　毎日新聞社
花自ら教あり　昭30・2　山田書店
本日は晴天なり　昭30・11　東方社
都に夜のある如く　昭30・12　文芸春秋新社
二番線発車　昭31・5　東方社
天使の時間　昭31・9　雲井書店
天使の時間 続篇　昭31・10　雲井書店
湿原植物群落　昭31・12　三笠書房
ひと日わが心の郊外に　昭32・1　三笠書房
愛と美と死　昭32・2　宝文館
人生の周辺　昭32・5　平凡社
対談　現代文壇史　昭32・7　中央公論社

愛情列島 花の篇　昭32・9　角川書店
愛情列島 風の篇　昭32・10　角川書店
虹の橋　昭33・1　講談社
エロスの招宴　昭33・2　新潮社
昭和文学盛衰史一、二　昭33・3、11　文芸春秋新社
わが胸の底のここには　昭33・6　三笠書房
愛のため・青春のため　昭33・9　凡書房
生命の樹　昭33・12　講談社
敗戦日記　昭34・4　文芸春秋新社
三面鏡　昭34・7　中央公論社
高見順詩集　昭34・9　凡書房
都会の雌雄　昭34・11　講談社
遠い窓　昭35・3　中央公論社
異性読本　昭35・3　角川書店
文学的現代紀行　昭36・4　講談社
ちょっと一服　昭36・6　朝日新聞社
わが埋葬　昭38・1　思潮社
いやな感じ　昭38・7　文芸春秋新社
激流 第一部　昭38・10　岩波書店
死の淵より　昭39・10　講談社
死の淵より（並装版）　昭39・12　講談社
（＊以上生前、以下没後）
激流　昭42・8　岩波書店
激流 第二部　昭42・8　岩波書店
重量喪失　昭42・8　求龍堂
混濁の浪 わが一高時代　昭53・11　構想社
高見順素描集　昭54・10　文化出版局

【全集・選集・叢書】

高見順全集 全20巻・別巻1　昭45・12～52・9　勁草書房
高見順選集3（一冊のみ）　昭22・12　山根書店
高見順叢書 全4巻（15巻の予定）　昭24・9～25・3　六興出版社

高見順文学全集 昭39・10～40・5
全6巻 講談社
完本・高見順日記 昭34・12
昭和二十一年篇 凡書房新社
（一冊のみ）
高見順日記 昭39・11～41・5
全8巻（九冊） 勁草書房
新潮日本文学32 昭48 新潮社
続高見順日記 昭50・5～52・10
全8巻 勁草書房
版画荘文庫9 昭12 版画荘
自選傑作叢書 流木 昭12 竹村書房
新小説選集10 昭13 春陽堂書店
昭和名作選集19 昭14 新潮社
新選随筆感想叢書 昭14 金星堂
爪髪集
新日本文学全集21 昭16 改造社
新文学叢書2 昭16 河出書房

昭和名作選集26 昭17 新潮社
三代名作全集 高見順集 昭18 河出書房
現代作家選書1 昭21 昭森社
新生活叢書 昭21 新生活社
山の彼方の空遠く
ペット・ライブラリー 昭21 碧空社
1
手帖文庫Ⅱ―15 昭22 地平社
昭和名作選集19 昭22 新潮社
現代文学選 昭22 鎌倉文庫
如何なる星の下に
現代日本小説大系48 昭24 河出書房
現代長篇小説全集11 昭24 春陽堂
昭和新名作選 昭26 池田書店
インテリゲンチア
傑作小説選 拐帯者 昭28 北辰堂
現代日本名作選 昭28 筑摩書房
如何なる星の下に・乾燥地帯
長篇小説全集9 昭28 新潮社
昭和文学全集52 昭30 角川書店

現代日本文学全集46　昭30　筑摩書房
東方新書　駄目な夜　昭30　東方社
河出新書　この神のへど　昭30　河出書房
河出新書　花自ら教あり　昭30　河出書房
角川新書　罪多い女　昭30　角川書店
現代のエッセイ2　昭31　酒井書店
岩波講座日本文学史12　昭33　岩波書店
新編現代日本文学全集16　昭34　東方社
新選現代日本文学全集20　昭34　筑摩書房
ミリオン・ブックス　生命の樹　昭35　講談社
現代日本文学全集75　昭36　筑摩書房
ロマン・ブックス　生命の樹　昭37　講談社
長編小説全集27　昭37　講談社
ロマン・ブックス　愛が扉をたたく時　昭37　講談社
現代日本詩集10　昭38　思潮社
日本現代文学全集85　昭38　講談社
日本文学全集49　昭38　新潮社
ロマン・ブックス　胸より胸に　昭39　講談社
日本の文学57　昭40　中央公論社
現代の文学23　昭40　河出書房新社
（＊以上生前、以下没後）
名著シリーズ　昭和文学盛衰史　昭40　講談社
名著シリーズ　死の淵より　昭41　講談社
豪華版日本文学全集23　昭41　河出書房新社
日本文学全集36　昭42　新潮社
日本文学全集65　昭43　集英社
日本短篇文学全集41　昭43　筑摩書房
現代日本文学館39　昭43　文芸春秋
日本現代文学全集34　昭44　講談社
カラー版日本文学全集28　昭44　河出書房新社
名著複刻全集日本近代文学館　如何なる星の下に　昭44　日本近代文学館
グリーン版　日本文学全集　昭45　河出書房新社

35
現代日本の文学24　昭45　学習研究社
ＡＪＢＣ版いやな感じ　昭46　文芸春秋
特選名著複刻全集近代文学館　故旧忘れ得べき　昭46　日本近代文学館
現代日本文学大系71　昭47　筑摩書房
現代日本文学全集　補巻20　昭48　筑摩書房
現代日本文学19　昭49　筑摩書房
筑摩叢書231　昭51　筑摩書房
現代詩文庫（第Ⅱ期）14　昭52　思潮社
筑摩現代文学大系52　昭53　筑摩書房
新潮現代文学14　昭56　新潮社
文芸選書　昭和文学盛衰史（上・下）　昭58　福武書店
昭和文学全集12　昭62　小学館
同時代ライブラリー48・49　平2　岩波書店
同時代ライブラリー60　平3　岩波書店
世界の詩78　平9　弥生書房
作家の自伝96　平11　日本図書センター

この目録を編むにあたっては『高見順書目1』（昭45・刊行者高見晶子、編者青山毅）、『高見順全集』別巻所収「著書目録」（青山毅編）を参看した。

（作成・保昌正夫）

本書は、一九九三年二月刊、講談社文芸文庫『死の淵より』を底本としました。

死《し》の淵《ふち》より

高見《たかみ》順《じゅん》

二〇一三年一月一〇日第一刷発行
二〇二四年六月一四日第五刷発行

発行者——森田浩章
発行所——株式会社　講談社
東京都文京区音羽2・12・21　〒112-8001
電話　編集（03）5395・3513
　　　販売（03）5395・5817
　　　業務（03）5395・3615

デザイン——菊地信義
印刷——株式会社KPSプロダクツ
製本——株式会社国宝社
本文データ制作——講談社デジタル製作

講談社文芸文庫

ISBN978-4-06-290185-7

講談社文芸文庫

青木淳選—建築文学傑作選	青木 淳——解
青山二郎—眼の哲学|利休伝ノート	森 孝——人／森 孝——年
阿川弘之—舷燈	岡田 睦——解／進藤純孝—案
阿川弘之—鮎の宿	岡田 睦——年
阿川弘之—論語知らずの論語読み	高島俊男—解／岡田 睦——年
阿川弘之—亡き母や	小山鉄郎—解／岡田 睦——年
秋山駿——小林秀雄と中原中也	井口時男—解／著者他——年
芥川龍之介-上海游記|江南游記	伊藤桂一—解／藤本寿彦—年
芥川龍之介 谷崎潤一郎 文芸的な、余りに文芸的な|饒舌録ほか 芥川vs.谷崎論争 千葉俊二編	千葉俊二—解
安部公房—砂漠の思想	沼野充義—人／谷 真介——年
安部公房—終りし道の標べに	リービ英雄-解／谷 真介——案
安部ヨリミ-スフィンクスは笑う	三浦雅士—解
有吉佐和子-地唄|三婆 有吉佐和子作品集	宮内淳子—解／宮内淳子—年
有吉佐和子-有田川	半田美永—解／宮内淳子—年
安藤礼二—光の曼陀羅 日本文学論	大江健三郎賞選評-解／著者——年
李良枝——由熙|ナビ・タリョン	渡部直己—解／編集部——年
李良枝——石の聲 完全版	李 栄——解／編集部——年
石川桂郎—妻の温泉	富岡幸一郎-解
石川 淳——紫苑物語	立石 伯——解／鈴木貞美—案
石川 淳——黄金伝説|雪のイヴ	立石 伯——解／日高昭二—案
石川 淳——普賢|佳人	立石 伯——解／石和 鷹——案
石川 淳——焼跡のイエス|善財	立石 伯——解／立石 伯——年
石川啄木—雲は天才である	関川夏央—解／佐藤清文—年
石坂洋次郎-乳母車|最後の女 石坂洋次郎傑作短編選	三浦雅士—解／森 英——年
石原吉郎—石原吉郎詩文集	佐々木幹郎-解／小柳玲子—年
石牟礼道子-妣たちの国 石牟礼道子詩歌文集	伊藤比呂美-解／渡辺京二—年
石牟礼道子-西南役伝説	赤坂憲雄—解／渡辺京二—年
磯﨑憲一郎-鳥獣戯画|我が人生最悪の時	乗代雄介—解／著者——年
伊藤桂一—静かなノモンハン	勝又 浩——解／久米 勲——年
伊藤痴遊—隠れたる事実 明治裏面史	木村 洋——解
伊藤痴遊—続 隠れたる事実 明治裏面史	奈良岡聰智-解
伊藤比呂美-とげ抜き 新巣鴨地蔵縁起	栩木伸明—解／著者——年
稲垣足穂—稲垣足穂詩文集	高橋孝次—解／高橋孝次—年

▶解=解説 案=作家案内 人=人と作品 年=年譜を示す。 2024年6月現在